AF300480

# MODERNE
### ET
# ROCOCO

## PENSÉES

MAXIMES, QUESTIONS ET PARADOXES

d'un admirateur du temps passé

PAR

## PAUL AUGUEZ

Travers, erreurs et folies du siècle.
Le secret du bonheur public.
Un mot sur les *Esprits frappeurs*
Une séance chez Alexis, etc

## PARIS

DÉPOT, 7, PASSAGE JOUFFROY

ET CHEZ LES PRINCIPAUX LIBRAIRES

1854

# MODERNE

## ET

# MODERNE

## ET

# ROCOCO

## PENSÉES

### MAXIMES, QUESTIONS ET PARADOXES

d'un admirateur du temps passé

PAR

## PAUL AUGUEZ

Travers, erreurs et folies du siècle.
Le secret du bonheur public.
Un mot sur les *Esprits frappeurs*.
Une séance chez Alexis, etc.

## PARIS

### IMPRIMERIE DE PILLET FILS AINÉ

5, RUE DES GRANDS-AUGUSTINS, 5

## 1854

# UN RÊVE

A X***, janvier 1853.

J'étais assis au coin du feu, qui faisait sautiller devant moi sa flamme vivifiante, blanche et légère comme un esprit follet.

Le vent sifflait et nasillait aux fenêtres, comme un vieux mendiant enroué qui gémit et soupire au dehors pour attendrir le cœur du riche et se faire ouvrir une porte inhospitalière.

La vaste plaine était toute poudrée de neige, et le petit lac de l'Ouest, à moitié glacé, réflétait informes et confuses les ombres noires et échevelées des saules de ses rives, comme ferait un large miroir de Venise étoilé par la maladresse de quelque insouciant laquais. . . . . .

Une planète, toute rougissante et honteuse de son isolement, montrait çà et là son visage furtif et blafard, et se cachait bien vite à l'aspect d'une nature si morne et si triste.

Des bruits étranges, inconnus, des bruits vagues
et sourds comme de lointains roulements de la fou-
dre, faux et criards comme les derniers râles d'un
agonisant, graves et sinistres comme les miaulements
du chat-huant, ou les cris de l'orfraie, servaient d'or-
chestre et d'accompagnement à cette scène sauvage
et désolée d'une froide nuit d'hiver.

Et tout cela avait je ne sais quelle fantasmagorie
saisissante et lugubre, je ne sais quel écho triste et
navrant qui me donnaient un long frisson, et me faisaient trembler et pâlir malgré moi !

Je me sentais pris d'une terreur vertigineuse et
insensée au milieu de toutes ces choses hétérogènes
et dissonantes !

Ces effets d'ombres et de lumière inattendus et
comme impossibles ;

Ces couleurs hachées, heurtées et tranchées ;

Ces ombres indécises, frémissantes, géantes,
naines, imperceptibles, hyperboliques et effroyables ;

Ces troncs renversés, calcinés, raboteux, caver-
neux, chevelus de mousse, sans branches ni feuilles ;

Ces monts énormes, bizarrement taillés et groupés,
se mesurant et se défiant entre eux, puis se roulant
sur eux-mêmes et faisant grimacer l'horizon ;

Ces hideux vampires qui voletaient ;

Cet immense silence qui bruissait, ces sons rau-
ques et hardis qui le déchiraient par intervalles ;

Le ciel grisâtre, la terre blanchie, l'air glacial et
sonore, la solitude sans bornes, la solitude peuplée
de larves informes et de fantômes aux mille bras. . .

Tout cela figeait mon sang et suspendait mon
souffle comme un épouvantable cauchemar ! . . . . . .

Faisant tache au milieu de ce grand linceul blanc, le château devait ressembler de lo'n à quelque énorme mastodonte pétrifié par la froide bise du Nord, ou endormi par quelque maléfice.

Mes deux petites fenêtres éclairées étaient les yeux du monstre, et mes bizarres et fantastiques pensées pouvaient bien être sa vieille âme prisonnière depuis des milliers d'années dans son vaste corps à jamais immobile et glacé. . . . . .

Je l'ai déjà dit, j'étais assis au coin du feu, tournant le dos à la fenêtre afin d'échapper au spectacle de ruines et de désolation qui affligeait l'œil au dehors.

Peut-être aussi, comme les petits enfants qui se cachent pour ne point voir, et se figurent avoir fait disparaître l'objet maudit de leur terreur en disparaissant eux-mêmes sous les mille plis de leurs longs draps blancs ou derrière l'angle du grand bahut de chêne; peut-être aussi espérais-je de la sorte échapper à ma peur et au démon du vertige et de l'immensité qui enlaçait mon âme, et faisait tressaillir la poussière de mon enveloppe mortelle. . . . . .

Quoi qu'il en soit, je songeais, la tête appuyée sur mes deux mains;

Je songeais au passé, et je méditais sur le présent et sur l'avenir. . . . . . .

Je reconstruisais en moi-même tout ce grand édi-

lice écroulé sous le poids des temps, et l'effort incessant de mains aveugles et sacriléges :

*La vieille société!!*

Je citais à la barre de ma faible raison ces hardis
niveleurs et démolisseurs de toutes choses, et je les
interrogeais :

*Qu'avez-vous fait?*

Vous avez détruit, détruit encore, détruit sans
cesse, détruit sans relâche! Vous vous êtes faits les
valets et les complices du chaos et de la désolation ;
vous avez tout brisé, tout renouvelé en apparence,
mais au fond vous n'avez rien changé, car pour cela
il vous aurait fallu commencer par changer la nature de l'homme et les lois divines et éternelles du
monde, et c'est ce que Dieu seul peut faire!

Et puis, j'évoquais devant moi les âmes fières et
naïves des preux et des chevaliers, et je les comparais aux plus grands et aux meilleurs de notre
siècle !

Je rêvais avec délices à ces belles filles blondes de
la race franque, à leurs beaux yeux bleus, innocents
et limpides, à leur jeune cœur plus limpide et plus
innocent encore, à leurs vagues désirs d'amour chaste
et pur, indécis et immenses comme les blanches va-
peurs d'un vaste Océan!

Et je les comparais aux jeunes filles d'à-présent.

Je rêvais à ces belles et pieuses châtelaines du
moyen âge, nobles et fières comme le sang dont elles

sortaient, constantes et fidèles comme Pénélope, aimantes et dévouées comme Notre-Dame, folles de vertu et de chasteté, comme jadis la Lucrèce de Rome !

Et je les comparais aux femmes d'à-présent.

Hélas ! hélas ! me disais-je, âmes de nos pères, âmes douces et sereines, dormez en paix là où vous êtes, et gardez-vous bien de jeter les yeux ici ; dormez, car je ne sais vraiment ce que vous pourriez penser et dire de vos petits-fils bien aimés et de leurs œuvres !

Et toi, génie du mal, Arouet, vieil Arouet, grand-prêtre de la mort et prophète du néant, es-tu content ?

As-tu bien sapé, as-tu bien fait crouler l'œuvre immortelle du *Nazaréen* ?

Du *Nazaréen*, comme tu l'appelais dans ton infernal orgueil !

Du *Nazaréen*, qui t'a poursuivi jusqu'à ta dernière heure, te sollicitant de sa douce figure et te tendant ses deux mains trouées !

Du *Nazaréen*, le vrai libérateur, sans la venue et la doctrine duquel tu naissais peut-être esclave, toi, l'apôtre prétendu de la sainte liberté !

Comme tu dois t'applaudir, comme tu dois être fier

dans les lieux maudits où tu reposes, digne fils de Caïn, premier serviteur de l'ange des ténèbres!!

Triomphe donc, et réjouis-toi, car tu es bien le descendant de l'antique fratricide.

Caïn a tué le corps mortel de son frère; tu as tué l'âme immortelle des tiens!

Réjouis-toi, tu es bien le serviteur élu de l'ange des ténèbres, car tu as mis comme lui ta joie et ton orgueil à glorifier tout vice et à salir toute vertu!

Triomphe, te dis-je, et réjouis-toi!!

Toi aussi, tu peux te proclamer créateur, rival et émule du Très-Haut, car tu as su faire un monde à ton image et à ta ressemblance; seulement, comme l'Éternel, oseras-tu te dire :

« Ce que j'ai fait est bon et bien fait! »

Non, prophète de malheur, non m'écriai-je; tu ne l'oseras pas, et tu ne pourras empêcher les fils d'Abel, les enfants aimés du Seigneur, de te dire : Anathème éternel et malédiction sans fin!

. . . . . . . . . . . . . . . . . . . . . . . .

. . . . . . . . . . . . . . . . . . . . . . . .

. . . . . . . . . . . . . . . . . . . . . . . .

. . . . . . . . . . . . . . . . . . . . . . . .

Il se fit un grand bruit au dehors, et j'entendis crier les vitres, et les portes grincer sur leurs gonds.

Le vent poussa de longs mugissements. . . . .

La nature entière sembla gémir et hurler des mots inconnus. . . . . . . .

Ciel, campagne, chambre, château, tout semblai
s'effacer comme par enchantement......

Ma lampe grandit, grandit encore, puis je la vis
s'étendre à l'infini et se volatiliser en une fumée dia-
phane et légère, qui m'environna de tous côtés, brill-
lante et limpide, multipliant autour de moi les an-
neaux argentés d'une folle sarabande......

Je me sentis entraîné par une force invincible à
travers de froides et ténébreuses solitudes.....

J'étais précipité avec une épouvantable rapidité
dans des gouffres béants et sans fond......

Puis, sur les ailes immenses d'un papillon noir et
démesuré, je me sentais remonter lentement, lentement...; puis plus vite,... puis enfin avec la fiévreuse
allure d'un cheval fougueux et sans frein.....

Et ces grandes ailes velues du monstre effleuraient
mes joues de leurs battements rapides et intermit-
tents, me jetant sans cesse au visage les bouffées
humides d'un air sépulcral et glacé.  .   .   .   .   .   .

.   .   .   .   .   .   .   .   .   .   .   .   .   .   .   .   .   .
Puis,..... je me retrouvai dans ma chambre qui avait
conservé sa clarté lugubre et phosphorescente....
Puis.  .   .   .   .   .   .   .   .   .   .   .   .   .   .   .

.   .   .   .   .   .   .   .   .   .   .   .   .   .   .   .   .
Ciel et enfer !! c'était lui !

Les yeux fixes et sombres, le regard froid et triste,

le corps droit et roide, les bras croisés sur la poitrine.

Il était là, debout, calme et tranquille, toujours drapé dans sa hautaine et méprisante fierté. . . . .

Il était là, contemplant son œuvre, et comme insultant à la nature humaine ! . . . .

Il resta quelque temps devant moi, toujours immobile et sans prononcer une parole. . . . .

Mes os tremblaient et s'entre-choquaient, et je me demandais si j'étais bien encore au nombre des vivants. . . . .

Tout à coup, la voix empreinte de je ne sais quel indéfinissable mélange de sarcasme amer et de douleur infinie :

« Je ne croyais pas en moi-même ; — Je mentais au monde et le savais bien ; — orgueil !! »

Il dit.

Et l'horrible vision disparut, après de longs et inutiles efforts pour m'enlacer dans ses bras décharnés, et m'entraîner dans ses sombres demeures !

Et je vis, près de moi, la blanche et douce figure de ma Béatrix, la bien-aimée de mon cœur, qui s'approchait doucement de mon lit, comme pour protéger mon sommeil et attirer sur moi les célestes bénédictions !

Et je me sentis renaître, comme renaît la fleur sous l'influence aimée des rosées du matin ! . . . .

J'avais rêvé. . . . . . . . . . . . .

. . . . . . . . . . . . . . . . . . .

Mais mon rêve était vérité, car l'ombre d'Arouet, c'est le vice moderne; et mon ange gardien, ma Béatrix bien aimée, c'est l'antique vertu!

PAUL AUGUEZ

# MODERNE

## ET

# ROCOCO

Il y a dans notre société une chose plus dangereuse et plus corruptrice que le vice même.

Cette chose, — c'est la publicité donnée au vice, le sans-façon grossier avec lequel on l'étale, les caresses et le bon accueil qu'on se croit obligé de lui faire en tous lieux, les courbettes et les génuflexions que lui prodigue sans relâche ni vergogne toute cette tourbe effrontée qui ne vit que de lui, plats et rampants valets qui s'engraissent aux lavures de

l'orgie, comme des rats immondes à la vase
d'un égout!

Cette chose, — c'est le *Scandale* : lèpre sociale sans cesse envahissante, qui grandit et
s'accroît chaque jour par elle-même comme
une épouvantable épidémie!

Aujourd'hui, on ne se contente plus d'être
faible ou dépravé, on se croit encore en droit
d'afficher en public sa faiblesse ou sa dépravation!

Comme ces infirmes qui se hâtent de faire
remarquer eux-mêmes les défauts de leur
nature, et en parlent sans cesse à tous ve-
nants pour prévenir et atténuer ce que chacun pourrait en dire, de même on endosse
hardiment et joyeusement la livrée de sa
honte, bien convaincu que personne n'osera
blâmer un homme qui avoue ses erreurs avec
tant de bonne foi et de laisser-aller, sans rou-
gir nullement, et comme se faisant gloire de
paraître aux yeux de tous ce qu'il est véritablement!

Certes, je ne crois pas que cette désinvol-
ture du vice, ce sans-gêne de la licence, cette
manie du scandale et de la débauche en plein

jour, aient jamais été poussés plus loin, même aux plus mauvais jours de la régence, cette malheureuse époque, si souvent blâmée et tant calomniée.

Tout roués qu'ils étaient, nos ancêtres savaient au moins jeter un voile discret sur les excès de leur libertinage, et cacher les faiblesses de leur cœur sous les larges plis de leurs manteaux couleur muraille.

Ils se grisaient et blasphémaient dans les petits soupers de ces *demoiselles* ;

Ils s'endormaient ivres morts entre une bouteille vide et une fille de théâtre.

Mais ces demoiselles s'appelaient les *impures*, et leur fréquentation s'appelait *s'encanailler !*

On se livrait bien au vice par mauvaise nature ou par entraînement, mais on ne cessait pas pour cela de le mépriser et de le flétrir.

Entre camarades de tripots et d'orgie, on faisait bien parade d'être un vaurien, un roué, un mauvais sujet, mais devant les honnêtes gens on savait se contenir, et on rougissait encore de sa dépravation !

On était honteux du vice ; on avait le bon

goût et le bon esprit de le taire, de ne pas en
blesser sans cesse les chastes regards de l'in-
nocence, de le tenir là où il doit être, c'est-
à-dire dans l'ombre et le secret.

Les femmes du monde n'avaient pas alors
cet étrange besoin, cette bizarre manie, de
s'initier aux mœurs et d'étudier le langage
des aigrefins et des filles entretenues!

Il y a gros à parier que tout chancelants, et
encore troublés des fumées de l'Aï, Richelieu
et les siens eussent sifflé sans pitié la *Dame
aux camélias* et toutes ces filles bâtardes d'un
siècle et d'une littérature aux abois qui ne
savent plus trouver le juste et le bien que
que dans l'injuste et le mal, le logique et le
moral, que dans l'illogique et l'immoral; qui
vont chercher leurs *Virginies* sur les hauteurs
du quartier Bréda, et ne dédaignent pas de
choisirs leurs *Pauls* parmi les bohémiens du
boulevard du Temple, ou les jeunes premiers
d'une troupe d'aspirants Talmas!

Ces tendances d'alors à cacher le mal, ces
hésitations à le montrer à nu ne sont-elles
pas la la preuve évidente qu'il était moins
enraciné que de nos jours, et, dans tous les

cas, n'était-il pas ainsi moins dangereux et moins corrupteur?

Je vous avoue que tel est mon avis.

Je sais bien que l'on va me dire que c'était là du jésuitisme, et qu'il n'est pire danger que celui qui se cache.

Eh bien, soit, du jésuitisme! Voilà le grand mot lâché! et, tant maudit qu'il soit, je l'accepte avec toutes ces conséquences.

Si à l'aide de ce jésuitisme abhorré, si par la grâce de ce croquemitaine en tricorne, on peut au moins sauver les apparences, et ménager la pudeur et la susceptibilité publiques, j'aurai le courage de dire ici : *Salut au jésuitisme!* et qu'il soit le bienvenu parmi nous, car c'est par leurs œuvres qu'on doit juger les prophètes, et tout réformateur des mœurs quel qu'il soit sera pour nous un nouveau Messie!

Si c'est faire du jésuitisme qu'épargner à vos mères et à vos femmes, à vos jeunes fils et à vos filles, l'incessant et hideux contact de vos excès et de vos folies, soyez jésuites, croyez-moi, et vous vous épargnerez de la

sorte une grande honte et un repentir bien
amer !

Aussi bien, et c'est une triste vérité, il n'y
a pas de société sans vices ; cette plaie sociale
a toujours existé, et quoi qu'on puisse dire,
elle existera tant qu'il y aura des hommes,
et par conséquent des passions. Chaque époque en est plus ou moins gangrenée, mais
aucune n'échappe à ce ver rongeur, qui semble croître et gagner du terrain en raison de
la paix et de l'opulence dont jouit un siècle,
comme pour servir de contre-poids et de compensation au bonheur et à la tranquillité publics ! C'est un mal, sinon nécessaire, comme
le prétendent certaines gens, du moins iné-
vitable et assuré. Il faut en prendre son parti,
et considérer la chose en philosophe, puisqu'on ne peut faire mieux. Seulement, je le
répète, on doit regarder comme moins pro-
fondément démoralisée, comme moins sus-
ceptible de se nuire à elle-même et de faire
des prosélytes au vice, la société tant dépra-
vée qu'elle puisse être au fond, qui conserve
encore assez de pudeur et de respect d'elle-
même pour garder au milieu de ses excès le

décorum et l'étiquette qu'on y a complètement bannis de nos jours.

Voilà pourquoi je dis que l'état moral de notre société est des plus mauvais et des plus dangereux.

Voilà pourquoi je dis qu'en France il n'y a jamais eu plus grande dépravation que celle d'aujourd'hui ; voilà pourquoi je dis que nous valons moins encore que nos devanciers de l'époque de la régence, bien qu'il soit de mise et de bon ton, parmi nos philosophes et écrivains libéraux, de déclamer toujours et quand même contre cette pauvre vieille aristocratie rococo qui n'en peut mais, faute d'être encore là debout et vivace pour se justifier et les confondre !

Qu'importe, après tout, qu'il y ait plus ou moins d'hommes vicieux dans un siècle, si ce vice à tout prendre n'a rien de repoussant, et ne peut choquer ni scandaliser personne ? C'est l'affaire de ceux qui s'y livrent et non la mienne ; je n'ai rien à y voir, et s'ils font mal, tant pis pour eux ; cela ne me regarde en aucune façon. Au reste, je le déclare ici, j'aime mieux avoir affaire à trois cents mauvais sujets de bonne compagnie qu'à un seul roué sentant son mauvais lieu ; et s'il me faut absolument coudoyer la licence, il m'est plus agréable de la trouver polie et gantée, portant jabot de dentelle ou vertugadin, et essayant de se réhabiliter et de s'excuser à ses propres yeux en traitant avec une certaine courtoisie et un reste de respect jusqu'à ses compagnons d'orgie et ses maîtresses d'occasion.

Qu'il y a loin du vice doré d'alors au vice ignoble et débraillé d'à-présent!

De chevaleresque et aristocrate qu'il était, le traître s'est fait bourgeois et démocrate, et Dieu sait ce que nous y avons gagné!

En conservant leurs manières de grands seigneurs, nos pères savaient donner à ces réunions excentriques de plaisir, et à ces amours faciles et d'un instant, je ne sais quel parfum de réalité et de bon lieu qui leur prêtait un charme qu'on ne saurait y trouver autrement.

Vous me direz peut-être que c'est dorer le vice, et que le vice doré n'en est pas moins le vice; mais je vous avoue que puisqu'il existe toujours et qu'il paraît devoir exister encore bien longtemps, je préfère le voir, ce comparse obligé de toute comédie humaine, couvert de son beau manteau doré, et empruntant pour se faire endurer le langage et les allures de sa belle ennemie la vertu, que de le voir me narguer effrontément, le cigare à la bouche et la cravate débraillée, parlant son propre langage et se faisant gloire d'être lui-même, attaquant sans merci ni pudeur toute morale établie qu'il qualifie de vieux préjugé, et affichant avec orgueil ses doctrines perverses et ses manières d'estaminet, sans respect pour ceux qui l'entourent, et sans songer qu'il se prive lui-même et volontairement de la plus vraie et de la plus douce des voluptés humaines, l'illusion !

Certes, le vice de nos pères dépravait comme tout vice déprave, mais au moins il n'abrutissait pas; on n'y perdait pas la pratique et l'habitude des manières courtoises et ga-

lantes, et dites ce qui vous plaira, je prétends
que cette politesse, dont il cherchait à s'entourer, était un éclatant hommage qu'il ren-
dait sans y penser, et comme malgré lui, aux
bonnes mœurs et à la vertu.

Et puis, on se ruinait alors comme on le
fait encore aujourd'hui ; mais on se ruinait
follement et noblement. On jetait une fortune
dans le tablier d'une danseuse ou d'une fille
perdue, mais on ne marchandait pas une
maîtresse, comme on marchande un coupé
ou un cheval anglais ; on ne lésinait pas avec
son cœur et ses caprices ; on avait au moins
les qualités de ses défauts.

On ne payait pas ses créanciers, on les rail-
lait et les bâtonnait, mais on n'employait pas
de basses et frauduleuses manœuvres pour
capter leur confiance et les dépouiller ensuite
comme fait tel et tel de nos dandys modernes.

On avait encore la religion du nom de ses
ancêtres, et le courage de se faire sauter la
cervelle quand on ne pouvait mieux ; mais
on le faisait tout naïvement, sans gloriole et
sans rechigner, et pour soutenir une vie étio-
lée, et conserver un lambeau de luxe, on ne

transigeait pas avec son honneur, on ne tari-
fait pas sa conscience, on ne vendait pas sa
plume et sa pensée; enfin, pour tout dire en
un mot, on était bien un mauvais sujet, un
débauché, un prodigue, un coureur d'aven-
tures, un roué, mais on ne cessait pas d'être
un honnête homme!

Hélas! combien de nos jours ont tous ces
défauts sans avoir conservé cette dernière
qualité!

Les grisettes et les femmes galantes qui dé-
teignent toujours sur ceux qui les fréquen-
tent, valaient aussi mieux que les nôtres.
Elles trompaient leurs amants comme elles
les trompent aujourd'hui, mais on en voyait
par ci par là qui les aimaient véritablement;
elles se vendaient bien pour des perles et des
colliers, mais il s'en trouvait qui voulaient
choisir leur acheteur, et, si elles le quittaient,
il pouvait se dire joué; mais au moins il n'a-
vait pas le droit de se dire volé! — Quel trésor, en effet, peut valoir une seconde de
l'amour vrai d'une femme quelle qu'elle soit?

Ces femmes étaient corruptrices et dan-

gereuses, mais le plaisir entrait au moins
pour autant que l'avarice dans leur incon-
duite et leur dévergondage; les nôtres sont
plus corruptrices et plus dangereuses encore, mais pour comble de dépravation et
d'infamie elles ont perfectionné la débauche
en en faisant un art et un état! Ce qu'elles
font, elles le font par raison et par métier,
comme on vend de la bière ou du drap;
calmes et froides comme les sages de la Grèce
antique, elles calculent la dépense, comme
une honnête mère de famille; avisées et ma-
drées comme un agent de change, prudentes
et insensibles comme un chiffre, elles parlent rentes et bourse comme un banquier
juif!

C'est Manon Lescaut, avec ses insatiables
désirs de richesses, de jouissances et de luxe,
mais dépouillée de son enivrante auréole d'é-
tourderie badine, d'imprévoyance de l'avenir
et de chaleureuse passion!

C'est la nature toute sauvage et brutale
d'une contrée désolée, moins le petit coin de
ciel pur et bleu, qui vient caresser l'œil et

faire oublier à l'âme les sombres horreurs
qui l'entourent!

Oui, et je le répète encore, vice pour vice,
fange pour fange, je préfère à la nôtre la dépravation de la vieille société, cette dépravation poudrée, gantée, pomponnée, parfumée,
étourdie et coquette, badine et légère, en-
jouée et folâtre, un peu jésuite et bégueule,
si vous le voulez, mais au bout du compte
sachant bien qu'elle se damne, se reconnais-
sant fautive au fond du cœur et ne cherchant
point à damner les autres!

Je la préfère, parce que aux mêmes incon-
vénients la dépravation moderne, fièrement
drapée dans son scepticisme cynique et débraillé, y ajoute le pire et le plus dangereux
de tous :

*Le scandale!!*

Le scandale, qui se promène effrontément
la tête haute et le regard assuré dans nos pro-
menades et sur nos places publiques;

Le scandale, qui, sous la forme d'un usu-
rier parvenu, me heurte et m'éclabousse au

détour de chaque rue, chamarrant nos boulevards de ses blasons d'emprunt et de ses in-
solentes livrées!

Le scandale, qui trône à la bourse, qui
plaide au palais, qui chante au théâtre, qui
danse à nos bals, qui prie à nos églises, qui
remplit nos journaux, qui défraye jusqu'à
nos conversations intimes, qui fait vivre nos
marchands et nos boutiquiers, qui enrichit
nos Scapins et nos Mascarilles, qui entretient
nos filles perdues, et fait la fortune de nos
histrions de toutes sortes!

Le scandale, enfin, qui nous gouverne en
tout et partout!

Le scandale que nous aimons, le scandale
dont nous vivons!

Le scandale qui nous ronge et qui nous
tuera!!

Croyez-vous qu'il soit bien nécessaire aujourd'hui d'être poëte pour faire des vers, et

je dis des vers estimés; d'être très-expert dans l'art militaire pour devenir un grand général; d'être profond politique pour faire un excellent homme d'État, ou même d'être un savant professeur pour être applaudi en Sorbonne ?

Je suis en mesure de vous affirmer le contraire, et le ferai sans avoir besoin de vous citer X... ou Z... que vous connaissez aussi bien que moi, et qui, après tout, s'acquittent en conscience de leurs fonctions et font ce qu'ils peuvent.

Je me bornerai à vous rappeler que, de nos jours surtout, c'est le hasard ou la faveur qui donne l'habit, et que de tout temps c'est l'habit qui a fait le moine.

En ce monde il y a trois manières de devenir un grand homme :

Être véritablement un homme remarquable ;

Être un peu plus qu'un homme ordinaire
et avoir des prôneurs ;

Être un peu moins qu'un homme ordinaire,
mais avoir de l'audace et du bonheur.

De ces trois manières d'acquérir la célé-
brité, ce n'est certes pas la première qui est
la plus sûre.

Il y a des gens pour qui un et un font trois
quand il s'agit de leurs débiteurs, et zéro
quand il s'agit de leurs créanciers ;

Ajoutez un peu d'audace et de réussite à
cette manière avantageuse de comprendre
l'arithmétique, et vous aurez un homme sur
le grand chemin de la fortune, et, qui plus
est, bien reçu dans le monde et très-consi-
déré.

Dans une promenade de dix minutes aux
boulevards ou au Bois, je me fais fort de
vous en montrer dix de cette espèce, très-

gras du reste, fort bien couverts et salués très-bas !

Forcez un homme d'esprit à se servir du jargon adopté dans le monde, et je vous défie de le distinguer parmi les sots qui l'entourent !

Vivre, souffrir, mourir, trois choses que n'enseignent guère nos universités, et qui cependant renferment en elles toute la science nécessaire à l'homme !

Il y a, selon moi, un excès qui nuit rarement et n'est jamais un défaut, c'est l'excès d'audace.

Secourir avec discernement et sans osten-

tation: recevoir sans arrogance et sans bas-
sesse :

Quelles rares et précieuses qualités !

Je propose à ce financier archimillionnaire
de changer de nom et de prendre celui du
chiffre qu'il représente ; je lui suis garant
qu'il ne perdra rien de la considération qu'on
a pour lui, j'avance même qu'auprès de bien
des gens il a mille chances d'y gagner.

Savoir amasser une grande fortune semble
dénoter une certaine supériorité d'esprit, ne
fût-ce qu'en raison de la persévérance qu'il
faut pour cela, et cependant que de sots savent s'enrichir !

Aurait-on chance de devenir riche lorsqu'on est sot, ou bien aurait-on chance de
devenir sot lorsqu'on est riche ?

Tromper, flatter, régner, trois verbes qui
ont été bien souvent synonymes !

Il y a des hommes qui ont de l'esprit et
qui le vantent ;

Il y en a qui en ont et qui le cachent ;

Il en est d'autres enfin qui sont doués de
ce précieux avantage et qui le prouvent.

Lesquels, à votre sens, sont les véritables
hommes d'esprit ?

L'expérience est le total de nos déceptions.

X*** ne pense pas, n'écrit pas, ne parle pas,
ne vit pas comme un autre :

Toutes ses actions sont imprévues et excentriques ;

Chaque matin il ignore ce qu'il fera le
soir ;

Aujourd'hui libéral, demain absolutiste, il attaque le lundi ce qu'il défendait le dimanche avec un égal acharnement, pour se contredire de nouveau le jour suivant avec la même passion et toujours de bonne foi ;

Il a bon cœur, et cependant il nuit à tout ce qui l'entoure ;

Il est poli et de bon ton, et blesse chacun par ses impertinences ;

Il semble n'être conséquent avec lui-même que dans ses inconséquences ; il n'est logique que dans l'illogique ; il n'est possible et croyable que dans l'impossible et l'incroyable ;

Il a bon goût du reste, bien qu'il se fasse le défenseur et le panégyriste de tout ouvrage hasardé et de toute pensée biscornue et incomprise ;

Nul mieux que lui ne possède l'art de faire valoir ses avantages physiques et de se bien mettre, et néanmoins il ne laisse pas de porter les modes les plus outrées et les moins avantageuses ;

Il est bavard, hâbleur, ergoteur et vantard ;

Chez lui, *le moi* revient sans cesse et remplace rime et raison ;

Il sacrifierait le monde pour le triomphe d'une de ses idées, faisant d'ailleurs bon marché de celles des autres qu'il combat quand même et sans prendre souci de les examiner.

Pourquoi donc X*** est recherché des hommes d'esprit et adoré des jolies femmes?

Je vous l'ai dit plus haut :

X*** ne pense pas, n'écrit pas, ne parle pas, ne vit pas comme un autre;

C'est un *original!!*

On le lui a dit cent fois; il l'a remarqué lui-même, il ne mentira pas à sa réputation et il fera bien.

A l'heure qu'il est l'originalité est la seule vertu qui séduise encore;

C'est la dernière idole du monde.

Je suis convaincu que X*** deviendra quelque chose, et ne serais pas étonné de trouver un jour son buste ou sa statue sur la grand'-place de quelque village !

Vivre longtemps, preuve presque certaine d'une existence calme et réglée ; souvent aussi d'une grande médiocrité d'esprit et d'imagination.

Je prétends qu'il faut être trois fois homme d'esprit pour se faire aimer d'un sot, ne pas le choquer et se faire pardonner sa supériorité.

Je souhaite un pareil ami au plus spirituel de mes ennemis.

On dit vulgairement : grand gagneur, grand mangeur.

On pourrait aussi bien dire : grand mangeur, grand gagneur, car le besoin enfante l'industrie, et je crois que rien n'est impossible à l'homme que sollicite une violente passion.

Un homme qui aime sérieusement n'est ni magistrat, ni militaire, ni avocat, ni financier, j'ajouterai même ni poëte, quoi qu'on en puisse dire ;

Il a perdu toute autre aptitude ;

C'est un homme qui aime.

Une femme qui éprouve un violent sentiment d'amour parvient rarement à donner le change à l'homme qui l'a fait naître, surtout s'il est resté froid et ne sent rien de son côté ;

Je me trompe, elle n'y parvient jamais.

Je sais bien que, sur cet article, je vais me trouver en désaccord avec le plus grand nombre ; qu'on va m'objecter la nature de la femme si merveilleusement douée pour dissimuler, et mille autres raisons plus excellentes les unes que les autres, à l'aide desquelles mes-

sieurs les romanciers et autres diseurs de
sornettes se sont prouvé à eux-mêmes et ont
tenté de prouver à leurs lecteurs : « que le
visage d'une femme exprime toujours ce qu'il
lui plaît de laisser voir, et rien de plus ; que
c'est généralement le contraire du sentiment
qu'elle a dans le cœur, etc., etc. »

Mais pour cette fois, je ne tiendrai nul
compte des contradicteurs, je leur laisse le
champ libre et maintiens mon dire.

Il y a des choses qu'on ne trouve pas dans
les livres, et dont on ne peut juger que par
l'expérience ;

Permis à eux d'expérimenter.

Je mets au défi la plus adroite, la plus dis-
simulée, la plus femme, si vous voulez, de
passer un quart d'heure seulement avec
l'homme aimé et de veiller assez sur elle-
même pour empêcher l'expression de ses yeux
ou le timbre de sa voix de lui avouer cent
fois par minute tout l'amour qu'on ressent
pour lui et le plaisir qu'on éprouve à le voir !

Cette exubérance de tendresse, ces bou-
tades du cœur qui s'épanche au dehors, toute

cette sensibilité spontanée, involontaire, dont la femme ne peut se défendre, qu'elle ne peut contenir en elle-même, malgré toute son artificieuse adresse, et qui s'échappe de son âme comme des bouffées de parfums s'échappent d'un encensoir, tout cela ne montre-t-il pas l'excellence de cette nature féminine si sublime et tant calomniée!

L'abeille produit le miel, mais sa piqûre est cuisante ;

L'esprit d'une jolie femme est plus doux que le miel, mais la piqûre en est plus cuisante que celle de l'abeille.

Vous me dites, Optime, que Paris est bien réellement de nos jours la capitale du monde civilisée, le parangon de tout ce que l'homme peut rêver ici-bas en fait de ville merveilleuse et de société parfaite ;

Quant à moi, j'y consens de grand cœur,

et vous estime trop pour vous contredire.

Il ne s'agit plus que de bien nous entendre sur ce que vous appelez civilisation parfaite.

Il y a la civilisation française et la civilisation chinoise;

La civilisation des Iroquois et celle des Cosaques;

Il y a eu celle des Juifs et celle des Egyptiens, et plus tard celle des Grecs et celle des Romains; toutes très-parfaites au point de vue des Optimes de l'époque intéressée à les trouver telles, et il y en aura sans doute de nouvelles, auprès desquelles votre prétendue perfection d'aujourd'hui ne sera plus que de la barbarie.

Tout est relatif.

Il ne faut que des sens pour sentir la musique; pour sentir la poésie, il faut tout à la fois, des sens et de l'intelligence.

C'est en charmant les sens que la musique

se rend palpable, pour ainsi dire, à l'intelligence de l'homme, pour la séduire ensuite
et la subjuguer; au contraire, c'est en frappant
d'abord l'intelligence que la poésie agit sur
les sens et sur notre organisation matérielle.

Oserais-je dire que la musique est la matière
spiritualisée, comme la poésie est la pensée
matérialisée ?

La musique doit surtout servir à élever les
âmes de ceux qui ne peuvent s'élever par la
pensée, faute de l'éducation ou du degré d'intelligence nécessaire.

Un des plus grands bienfaits de notre
époque, le seul *progrés* peut-être dont il est
impossible de nier la haute sagesse et les in-
contestables avantages, c'est l'introduction

de l'étude musicale dans presque toutes les éducations.

La société ne tardera pas à être récompensée de cette mesure vraiment libérale et philanthropique par l'amélioration morale du peuple et par son retour au sentiment du vrai, du juste et du beau.

Poésie, musique! sources divines et toujours fécondes d'incompréhensibles voluptés, quelle sublime et sainte harmonie on voit naître de votre céleste alliance!

Pensez-vous que l'athéisme complet et l'amour de la musique et de la poésie puissent jamais habiter le même cœur?

Combien d'hommes consentiraient volontiers à passer pour avoir peu de cœur, à condition qu'on leur accordât beaucoup d'esprit!

Quelle critique sanglante des sympathies du monde!

Croyez-vous que tout homme n'aimerait pas mieux passer pour sensible et bon, qu'avoir la réputation d'un esprit rare et brillant, si l'on ne voyait pas l'indifférence, je dirais presque le dédain que l'on affiche pour les qualités du cœur et l'empressement avec lequel on accueille l'esprit en tous lieux !

Celui-là est véritablement un grand écrivain, qui ne craint pas de fouiller au cœur de l'homme pour le surprendre tel qu'il le trouve, sans jamais l'abaisser ni le rehausser, pour le rendre plus intéressant et plus dramatique, et sans s'attacher à quelques rares exceptions de l'espèce.

Je hais vos héros et vos héroïnes, toujours guindés sur des échasses d'or et plus parfaits que des demi-dieux, et vos types monstrueux de crime et de débauche me soulèvent le cœur et me font horreur.

Le sublime n'est que dans les sentiments vrais, humains et possibles; hors de là il n'y a qu'erreur et folie.

Si l'on pensait sérieusement au mal que peut faire à l'esprit et au bon goût du public, un mauvais écrit mal digéré, mal pensé, et poussant au faux et à l'exagéré, je parle surtout des œuvres dramatiques, on ferait des lois pour réprimer et punir le mauvais goût et les écarts d'imagination, comme on en a fait pour réprimer l'immoralité et la mauvaise foi politique dans les journaux et publications de toutes sortes !

Il y a des hommes qui ont passé leur vie à chercher la pierre philosophale; je pense que s'ils n'ont pas cherché à découvrir où l'on pourrait trouver une femme parfaite, c'est qu'ils étaient convaincus que cette recherche serait trop longue et trop incertaine;

mais aussi combien la découverte d'une pareille femme serait un trésor plus précieux que le secret de faire de l'or !

Je me souviens d'avoir entendu parler de deux femmes qui s'aimaient sincèrement et vivaient en paix sans médire l'une de l'autre, quoique jeunes toutes deux ; l'une était sourde, l'autre aveugle.

On ferait plus facilement un honnête homme avec trois coquins émérites qu'avec six hommes d'une probité douteuse et demi-vertueux.

Le goût de la campagne et des beautés de la nature, je dis ce goût poétique et passionné empreint de je ne sais quel parfum mystique, qui nous porte à admirer la seule chose toujours sublime et toujours neuve, l'œuvre du

Créateur; ce sentiment inné de la beauté vraie, qui nous travaille et nous sollicite surtout à l'âge de l'adolescence; cette fleur du ciel qu'il est si triste de voir s'effeuiller, la plus grande partie des jeunes gens riches de nos jours semble en avoir oublié la douce émanation !

Est-ce pour satisfaire ce penchant naturel à l'homme qu'ils ont des villas de marbre tendues de velours et de pourpre, où les jardins, remués sans relâche par une armée de jardiniers, ne sont qu'un accessoire inutile que le maître ne visite jamais ?

Cette triste indifférence, pour le seul plaisir qui ne blase pas, est-elle donc une compensation des biens dont ils jouissent et que tant d'autres leur envient ?

Si cela est, leur part est la moins bonne.

Tout saturés qu'ils sont de ces plaisirs factices, qui énervent l'homme et dépravent son goût; tout occupés de se créer sans cesse de nouvelles jouissances et de remédier à de nouveaux ennuis, ils ne peuvent plus comprendre et sentir cette puissante et âpre poésie de la nature, dans la contemplation de l'éternelle splendeur de la terre et des cieux !

Voilà la cause du dégoût et de la tristesse dont ils se plaignent sans cesse ; voilà pourquoi ils souffrent ; voilà pourquoi ils ne savent pas aimer !

Ils ont pris l'ombre du bonheur pour le bonheur même, qu'ils n'ont jamais connu ; et ils ont donné des jardiniers à la terre pour lui apprendre comment elle doit fleurir !

Me direz-vous quelle satanique inspiration pousse cet homme qui passe pour sain d'esprit, à ne s'entourer que de ceux qui le trompent et peuvent le conduire à sa perte, tandis qu'il fuit avec le plus grand soin tous ceux qui s'intéressent réellement à lui, qui peuvent le servir et le bien conseiller ?

On dit d'un homme qui réussit en tout qu'il a dans les poches la corde d'un pendu. En voyant la fortune rapide que font aujourd'hui certaines personnes, et les moyens dont elles se servent pour y parvenir, n'est-on pas quelquefois tenté de s'étonner de ne pas leur trouver une pareille corde..... ailleurs que dans les poches?

Que pensez-vous, dites-moi, de l'acharnement que cet homme d'Etat, tombé du pouvoir, met à combattre chez ses successeurs les mesures qu'il a lui-même provoquées et qu'il défendait hier avec tant de passion?

Se serait-il donc converti et reconnaîtrait-il enfin ses erreurs passées?

Non pas, vraiment!

C'est que l'illusion d'optique, qui se produit lorsque l'on est au faîte, a cessé pour lui depuis sa disgrâce et qu'il voit maintenant comme le commun des hommes.

Combien peu d'hommes voudraient des honneurs et des hauts emplois, si l'on savait devoir se sacrifier soi-même et ne dominer que dans l'intérêt des autres; mais aussi quelle gloire pour les homme vertueux qui les accepteraient à ces conditions !

Selon moi, la manie des jeux de mots et des calembours est à l'esprit ce que le ver solitaire est au corps humain ; à force d'en extraire les sucs qui le nourrissent, elle le dessèche et finit par le tuer complétement.

Elle est au véritable esprit ce que la mousse est à l'arbre, ce que la pariétaire est à une colonne grecque ; pendant un instant elle semble l'orner, mais elle le détruit infailliblement si vous avez l'imprudence de la laisser croître et se développer plus longtemps.

C'est une maladie.

Il y a gros à parier que vous recevrez plus de reproches de la part d'un ami, pour un bon conseil que vous lui aurez donné, que pour un mauvais tour que vous lui auriez fait.

Il y a plusieurs manières d'être riche en ce monde :

Vivre du travail quotidien et jouir librement des biens gratuits que Dieu donne à toute créature ;

Se contenter de son patrimoine ; ne pas envier celui des autres ;

Se créer des peines infinies pour amasser des trésors inutiles ; vivre sans cesse de privations pour y ajouter quelques nouveaux deniers ; mourir enfin sans avoir joui de toutes ces richesses qu'on acquiert toujours au prix du bonheur, et trop souvent, hélas ! au prix de l'honneur et du repos de la conscience.

Les riches des deux premières catégories ne sont-ils pas les seuls véritablement dignes de ce nom ?

Voulez-vous voir des innocents calomniés,

allez au bagne ; des sages incompris, allez aux petites maisons. Plus le mal est profond et sans remède, moins le malade en a conscience, et j'ose dire qu'il n'est pas d'Hercule capable d'accomplir les travaux sans nombre et les tours de force que rêvent chaque jour pour l'avenir messieurs les pensionnaires des incurables.

J'attends toujours que Démophile veuille bien me définir le mot *liberté*, dont il s'est servi et se sert si souvent, et qui sonne faux à mon oreille comme une vieille crécelle du vendredi-saint.

Jusque-là je me contenterai de ma propre définition, qui est celle-ci :

« Le droit que prennent les habiles et les ambitieux de rançonner et d'exploiter sans pitié les faibles et les pauvres d'esprit, dans les moments de troubles et d'anarchie. »

Cet homme ne prendrait pas d'eau bénite

en entrant dans une église; fi donc! cela est bon pour les femmes; il craindrait d'ailleurs le ridicule et d'être taxé de superstition. Le même homme passera deux heures dans le secret du cabinet à demander des oracles à sa table, à sa corbeille ou à son chapeau; jugez du siècle!

Puisque nous sommes sur ce chapitre, je vous préviens que nous allons décidément tomber dans le plus grossier fétichisme; c'est le cas de dire que les extrêmes se touchent; l'excès de civilisation nous ramène à la religion des sauvages!

Certes, si un homme se fût trouvé qui eût annoncé, il y a seulement trois ans, qu'en plein XIX⁰ siècle des hommes éclairés, des philosophes, des Français, se livreraient aux mêmes pratiques que les antiques sorciers du vieux Pharaon de l'Écriture, certes on eût fait enfermer cet homme comme atteint d'une fâcheuse et étrange folie, et cependant cet homme aurait dit vrai, car tout cela arrive aujourd'hui même, en l'an de grâce 1854!

Pouvait-il, du reste, en être autrement, et ne devait-on pas s'attendre depuis longtemps à voir un jour le temple du mensonge se relever sur les ruines du sanctuaire de la vérité, que des mains impies ont détruit pierre par pierre?

Croyez-vous donc que l'homme peut rester toujours sans croyance et sans Dieu?

Des philosophes égarés ont pu le dire et le désirer, mais le plus grand nombre d'entre eux savaient bien qu'ils mentaient et le faisaient à dessein pour servir leur orgueil ou leur ambition!

Il faut à l'homme une croyance, une foi quelconque; s'il ne sert pas le bien, il servira le mal; s'il ne sert pas le Dieu de la vérité, il servira le Dieu du mensonge, c'est l'un ou l'autre, il n'y a pas de terme moyen.

La philosophie moderne, en faisant perdre à l'homme la notion du vrai et les enseignements de la tradition, l'a exposé à ce qui arrive aujourd'hui, c'est-à-dire à tomber dans la plus épouvantable idolâtrie, le jour où s'apercevant enfin qu'il a été indignement trompé, il chercherait un nouveau Dieu pour remplacer celui qu'elle lui apprenait à ne plus servir.

Seulement, comme on lui a appris à ne croire que ce qu'il peut voir et comprendre, il se prosterne devant la matière, croyant à une révélation nouvelle [*], sans songer que cette religion est déjà aussi vieille que le monde, et qu'il adore sans le savoir celui qui tente de se faire adorer depuis le commencement des siècles, qu'on l'appelle Osiris, Jupiter, Bélial, Moloch ou Lucifer, le serpent tentateur, l'esprit du mal, Satan enfin, dont ses pères ont tant ri, il y a cent ans à peine, et dont il rit lui-même aujourd'hui en le servant !

Je croyais au magnétisme animal, comme je crois à toute vérité qui peut élever l'âme

[*] En Amérique, la secte des *esprits frappeurs* cherche à fonder sérieusement une religion nouvelle. Ce fait est bien plus sérieux et grave qu'on ne le croit généralement ici.

et la consoler, je me hâte de vous dire que j'y crois encore ; mais voici ce qui m'est arrivé :

Je suis allé chez Alexis ; Marcillet l'a magnétisé. J'étais avec un ami, M. Gustave de Castelverd, homme intelligent, et comme moi avide d'observer et de connaître. — Le magnétiseur nous a déclaré que son somnambule était à l'état de lucidité. — Nous l'avons interrogé sur une affaire très-propre à nous édifier sur son degré de *voyance* ; il a répondu de lui-même et sans hésiter.... et s'est trompé sur tous les points : j'attendais une réponse, il me l'a promise favorable et pour le mois suivant ; je l'avais trois jours après, et défavorable ! . . . . . . . . . . . . .

. . . . . . . . . . . . . . .

Il est vrai qu'il nous en a coûté un napoléon.

*Ab uno disce omnes !*

Je crois décidément qu'il n'y a de somnambules, qui ne trompent pas, que ceux qui donnent la science pour rien et n'en font pas métier.

Qu'est-ce que l'entêtement ?

L'opinion exagérée que l'on a de soi-même et de son propre jugement, c'est-à-dire ce qu'il y a de plus mauvais et de plus bas dans l'orgueil et la vanité ;

De tous les défauts de l'homme, c'est peut-être celui qui a fait le plus de victimes et qui nuit le plus à celui qui s'y livre ; il est du reste la preuve certaine d'un esprit faux et peu étendu.

On a dit : « l'amour est l'échange de deux sentiments et le contact de deux épidermes. »

Moi je dis, de l'amour vulgaire : « C'est l'échange de deux fantaisies et le contact de deux égoïsmes. »

Il est bien entendu que je ne parle pas de cet amour rare et vrai, qui est un don du ciel et un avant-goût des joies éternelles, qui épure le cœur de l'homme comme une rosée céleste et qui brûle et vivifie son âme comme le souffle d'un séraphin !

Heureux ceux qui éprouvent l'un pour l'autre quelque chose de cet amour-là ! Si je ne craignais de blasphémer, je dirais que cela vaut le ciel !

Roué à vingt ans, philosophe ou dévot à soixante. — Singulière anomalie. — C'est à l'estaminet et dans les mauvais lieux qu'on trouve aujourd'hui les vertueux et les saints de demain !

Décidément le bourbier épure.

Il y a des philosophes modernes qui rêvent une société sans vices ni passions, une société toute composée d'hommes éclairés et vertueux ; au bout du compte, cela fait honneur à leur bon cœur et à leur vertu, et ce n'est pas moi qui m'oppose à la réussite d'une si belle utopie.

Ce sont sûrement les mêmes qui ont imaginé des *congrès de la paix*, et qui voudraient établir des *assurances contre la guerre.*

Hommes généreux et candides !

Je distingue deux espèces de philanthropes : les premiers, les seuls véritables, et qui chaque jour se font plus rares, ne sont aimés et connus que des pauvres et des malades, des veuves et des orphelins, en un mot, de tous ceux qui souffrent et pleurent ; le public s'occupe peu de ceux-là et n'en entend parler qu'à de rares intervalles ; presque toujours ils meurent pauvres, abandonnés et perdus dans la foule, pourvus toutefois du seul bien qu'on peut emporter avec soi, la satisfaction de la conscience, et soutenus par le seul espoir qui ne trompe jamais, l'espoir en Dieu et en sa miséricorde !

La seconde espèce de philanthropes, fille de l'orgueil et de la philosophie modernes, se compose d'hommes savants dans l'art de donner peu et à grand bruit, dans l'espoir d'en retirer considération, honneurs et profits; c'est une vertu toute particulière, qui se rapproche beaucoup du vice qu'on nomme *égoïsme*, et a quelque rapport avec un défaut qu'on appelle *ambition*.

Ces derniers meurent fort riches, très-haut placés, souvent très-décorés.

Mais il est impossible de nier leur vertu, puisque, ne croyant ni à l'âme ni à Dieu, ils agissent par pure charité et sans aucun espoir des récompenses d'une autre vie !

Selon moi, il n'y a qu'un seul vice, d'où dérivent tous les autres :

C'est l'égoïsme, l'amour aveugle et exagéré de l'individu pour lui-même; — c'est aussi la source de toute action criminelle et de tout mal moral;

Qu'une seule vertu, — la charité, l'amour des autres, d'où découlent, comme d'une céleste fontaine, les vertus héroïques et les

bonnes actions de toutes sortes qui font régner sur la terre l'enthousiasme, l'amour, la
chasteté, le repos et le bonheur!

On l'a dit souvent et l'on devrait le crier
sur les toits :

Le plus grand mal de notre époque, le vice
radical, la cause efficiente et première de tous
les troubles, qui ont agité depuis un siècle et
agitent sans cesse notre malheureuse société,
c'est l'éducation que tout père, que toute famille, croit devoir donner à l'enfant.

D'une part, la fausse éducation morale, qui
produit l'indifférence religieuse, le matéria-
lisme, très-souvent l'athéisme ;

D'autre part, le grand nombre de notions
indigestes et inapprofondies qu'on jette pêle-
mêle dans la tête de l'élève de nos écoles, fils
de prince ou fils d'artisan, sans tenir aucun
compte de l'état social de sa famille, de ses
moyens de se produire à son entrée dans le
monde, enfin de sa moralité propre et de ses
aptitudes particulières.

C'est là une faute énorme, une faute capitale, je dirai plus, c'est un crime !

Oui, c'est un crime réel, et qui, comme tel, en produit d'autres et de plus grands encore.

Ses conséquences immédiates, les voici :

Chacun se croit capable d'arriver à tout et prétend y parvenir quand même, *per fas aut nefas.*

C'est justice, et il ne peut en être autrement, car vous nous avez enseigné : que tout homme en vaut un autre, en quelque condition que le sort l'ait placé ; que la hiérarchie de nos pères était un vice social, fruit de la barbarie du moyen âge ; que rien n'est impossible à qui sait et veut, et vous nous répétez sans cesse dans vos discours de distribution de prix : que chacun tend la main au jeune homme instruit et intelligent, et que, riche ou pauvre, il est sûr de l'appui de tous et de la protection des puissants et des grands !

Assurément cela serait beau, cela serait grand, cela serait noble !

Mais cela serait plus qu'humain, et cela n'est pas et ne sera jamais.

Pourquoi donc le promettre ?

Est-ce donc par ignorance des choses d'ici-bas, ou pour le mettre sciemment dans l'erreur, que vous l'égarez ainsi, ce malheureux jeune homme, que vous avez mission d'éclairer et de prémunir contre toute occasion de chute, pères de famille et instituteurs, qui vous prétendez des hommes libéraux et avancés ?

Insensés ! ignorez-vous donc que la science, et surtout la science incomplète, est une arme terrible et à deux tranchants entre les mains du pauvre honnête, dont elle perce le cœur à chaque instant, et un instrument de mort et de désolation entre les mains de l'homme vicieux, du méchant et de l'imprudent ?

Croyez-vous donc que votre fils ne peut être heureux s'il ne connaît les sciences que vous ignorez, et qu'il serait déshonoré s'il devenait artisan comme son père ?

Les conséquences médiates et plus éloignées, les voici en deux mots :

Désillusions sans nombre à l'entrée dans la vie réelle, pour le riche souvent, pour le pauvre toujours ;

Pour le riche, parce qu'il ne trouve pas toujours à satisfaire son insatiable besoin de primer et de dominer ;

Pour le pauvre, parce qu'avec les mêmes désirs et les mêmes besoins que son condisciple fortuné, il ne trouve pas toujours à gagner son pain de chaque jour !

Puis, chez certaines natures, le désespoir, la débauche, quelquefois le suicide du corps, toujours le suicide de l'âme !

Chez d'autres plus vivaces et plus énergiques, l'intrigue, les complots, le crime !...

Les uns se vengent sur eux-mêmes ; les autres s'en prennent à autrui !

Puis, par un jour de révolution, par un de ces jours néfastes et à jamais maudits, qui, si Dieu le permet, ne se reverront plus, on se retrouve, anciens camarades d'études, l'un devant la barricade, l'autre derrière ;

L'un, parce qu'il est ambitieux et veut avoir la croix, l'autre, parce qu'il est paresseux et veut voler le pain qu'il ne sait pas gagner !!

Pauvres enfants du siècle qui eussent peut-
être concouru tous deux au bonheur de tous,
si vous aviez donné, pères imprévoyants, à
l'humble et au pauvre, l'instruction stricte-
ment nécessaire, seule en rapport avec sa po-
sition ; si vous aviez parlé au riche des devoirs des heureux du monde, de Dieu et de
sa justice, le poussant uniquement dans la
carrière qu'il devait suivre, au lieu de les
laisser errer au hasard, sans bride et sans
frein, comme de jeunes coursiers échappés
qui jettent au vent, faute d'être guidés, la
vie et la force qui eussent fait d'eux l'éclat et
l'orgueil de leur race !

Mais vous ne savez donc pas, vous autres,
hommes de progrès, qui vous dites depuis si
longtemps les prophètes et les flambeaux des
peuples, qui prétendez avoir reçu d'en haut
la tâche sacrée et difficile de les diriger par
vos écrits, et de leur dire la vérité, vous ne
savez donc pas, philosophes de carrefour, dé-
bitants modernes de niaiseries et d'utopies
aussi vieilles que le monde, vous ne savez
donc pas que la misère de l'homme instruit

est la pire des misères, véritable enfer sur la terre, et que tôt ou tard il prend sa revanche par les maux qu'il prépare à la société, du perfide présent qu'elle n'a pas craint de lui faire lorsqu'il était enfant!

Vous ne saviez donc pas cela, vous tous socialistes et communistes de toutes nuances, guillotineurs des riches et pervertisseurs des pauvres! Vous ne le saviez donc pas, pauvres rêveurs éveillés qui demandiez l'éducation large et obligatoire, afin, disiez-vous, d'améliorer le sort du peuple?

Non, vous ne le saviez pas, et sans doute vous vous figuriez que vos ancêtres étaient plus malheureux, parce qu'ils étaient plus ignorants que vous, parce que toute leur science se bornait à s'aimer entre eux, à servir le roi et à honorer Dieu, et qu'ils ignoraient tout ce qui ne pouvait augmenter leur bonheur et les rendre meilleurs!

Encore une fois, pauvres insensés, dont la dangereuse folie, fille des principes que vous défendez, a perdu pour jamais tant de natures d'ailleurs bonnes, nobles et vertueuses!

Quant à moi, ami des vieux préjugés, des vieilles traditions d'honneur chevaleresque et de naïve vertu; quant à moi, qui soupire chaque jour et gémis de chercher vainement la sainte et héroïque France d'autrefois au milieu des ruines et des décombres qu'il vous a fallu accumuler pour fonder votre France nouvelle; quant à moi, dont le cœur frémit de joie et d'espérance aux premiers jours calmes et sereins qui semblent nous promettre un avenir de gloire et de réparation, je vais vous enseigner le secret de la moralité, de la paix et du bonheur publics, qu'on a tant cherché de nos jours et que si peu ont su trouver!

En voici la formule toute sotte et toute simple :

« Rendre peu à peu à la société ce que
« d'ambitieux novateurs et d'orgueilleux
« philosophes lui ont fait perdre depuis un
« siècle :

« — La croyance en Dieu, l'amour du tra-
« vail et de la famille, le respect pour les su-
« périeurs. »

Et comme moyen assuré pour arriver à ce résultat :

« Proposer à tous l'exemple du passé ; dé-
« masquer les ruses et les calculs des faux
« amis de l'humanité et des charlatans de
« science et de philosophie ; faire bien voir et
« sentir ce qu'ils nous ont fait perdre et ce
« qu'ils ont produit avec leurs doctrines pré-
« tendues libérales et progressives. »

Que d'autres plumes plus puissantes et plus persuasives que la mienne entreprennent cette tâche difficile et trop lourde pour un bras de vingt ans ;

Que les honnêtes gens se servent de la presse pour ramener au bien, comme on s'en est servi pour pousser au mal ;

Que l'honneur et la vertu *conspirent* pour le bonheur de tous ;

Qu'ils produisent, eux aussi, des brochures incendiaires, et la société, ébranlée un instant, sera sauvée et reconstituée pour toujours, et la vraie morale et la religion renaîtront plus pures et plus belles, comme renaissent les fleurs après un hiver rigoureux ; et ceux qui entreront dans cette voie de charité et de régénération, qui, déposant tout respect humain, oseront inaugurer hardiment cette nouvelle carrière, ceux-là auront bien mérité de la France, d'un gouvernement éclairé qui a prouvé qu'avant toutes choses il veut nous sauver et nous régénérer, et aussi de tout homme de bien et de Dieu !

Et, pour terminer en quelques mots et ne pas pousser plus avant contre la jeunesse demi-savante et pervertie de nos jours une philippique qui serai sans fin si j'entreprenais d'énumérer tous ses défauts et tous ses vices, je dirai ici mon opinion, toute sévère et exagérée qu'elle puisse paraitre à certaines gens.

Qu'on m'amène un sauvage, un homme primitif et complétement ignorant, complétement inculte et grossier, n'ayant rien vu et ne soupçonnant rien ; peut-être, avec le temps et des soins journaliers et assidus, réussirai-je à en faire une créature honnête, raisonnable et juste. On a vu de ces miracles, et d'un caillou terne et vulgaire un lapidaire habile sait faire un diamant.

Mais gardez-vous bien de m'amener un de vos enfants du progrès, un de vos jeunes prodiges de savoir et de civilisation, parasites de la science et écornifleurs de l'art, qui savent juste de toutes choses ce qu'il faut pour fausser le jugement et égarer l'esprit et l'intelligence, et, par cela même qu'ils savent peu et mal, se figurent avoir surpris les arcanes de Dieu et le secret des mondes !

Poussés sans cesse en avant par leur aveugle présomption et l'excès de leur ignorance et de leur infirmité, ces fils bâtards des antiques géants, ne pouvant escalader le ciel en s'élevant jusqu'à sa hauteur, tentent sans relâche de l'abaisser au niveau de leur néant ; ils marchent en avant sans but ni volonté, se souciant peu d'où ils viennent et sans s'inquiéter où ils vont, ivres de leur propre nullité, cherchant partout quelque chose à rapetisser ou à salir, jaloux de toute grandeur et de toute beauté, insoumis et ingouvernables, s'étonnant d'ailleurs de bonne foi qu'on les laisse passer chaque jour sans dresser sur leurs pas des arcs de triomphe !

A faire un homme d'un de ceux-là, je déclare ma complète impuissance; il faut les laisser vivre comme ils sont nés, car mieux vaudrait entreprendre de changer le cours du soleil que de changer un cœur que le scepticisme et l'orgueil ont flétri!

Et d'ailleurs comment guérir des gens d'un mal qu'ils ignorent et dont ils vivent, d'un mal qu'ils considèrent comme un bien et qui, après tout, ne vient pas d'eux et dont ils ne sont pas la cause?

Comment guérir tes victimes, philosophie matérialiste et athée, mère et nourrice de ces orgueilleux pygmées qui se croient des hercules, que tu as perdus à jamais en les trompant sur les droits et les devoirs de l'homme, et en détruisant à leurs yeux, dans l'âge des impressions ineffaçables, ces deux grandes sauvegardes de toute société humaine :

*La hiérarchie et l'autorité!!!*

Mais une jeunesse nouvelle grandit et s'élève, qui, profitant des fautes de ses devanciers, marchera droit et ferme dans les sentiers de la vérité;

C'est elle qu'il faut préserver à tout prix, c'est à son avenir que nous devons tout sacrifier, c'est pour elle que nous devons penser et écrire.

Qu'elle se tienne en garde contre ces incorrigibles insensés qui tenteront chaque jour de lui verser le dangereux poison que, dans leur démence, ils prennent encore pour l'élixir de vie; qu'elle pardonne au passé, sans essayer de l'imiter, et surtout qu'elle place en Dieu toutes ses espérances et se confie à son intelligente providence, se souvenant qu'en perdant la foi, ses pères ont aussi perdu le repos et le bonheur!

Et nous nous consolerons de ne pouvoir convertir les pères, si nous pouvons au moins sauver les enfants.

Après tout, elle avait bien son charme, cette société tant calomniée de la première moitié du XVIII<sup>e</sup> siècle, avec ses jabots de dentelle et ses jeunes têtes poudrées à blanc;

Avec ses petits minois fardés, mouchetés, éveillés et chiffonnés, plus moqueurs et plus agaçants que les petites têtes si adorablement grimacières de leurs malins sapajous et de leurs imperceptibles ouistitis;

Avec ses audacieux petits marquis sautillants et fluets, toujours pincés et musqués, galants jusqu'à la fadeur, insolents jusqu'à la brutalité, téméraires jusqu'à la folie, suffoquant dans leur vanité et leur justaucorps de satin broché; qui dégaînaient pour un frottement d'épaule, promenaient le matin leurs rubans frais et leur visage fatigué au petit lever de Sa Majesté, et allaient le soir flétrir leurs rubans et enluminer leur visage dans les soupers fins des pécheresses d'alors, lorsqu'aux bons jours ils daignaient se distraire et s'encanailler!

Et, palsembleu, messieurs les bourgeois et les roturiers, je voudrais bien savoir ce que vous pouviez y trouver à redire, et en quoi cela blessait votre pruderie de mauvais goût?

Étaient-ce les œillades assassines que les
hommes de qualité lançaient quelquefois
après boire au fond de vos boutiques enfumées, et qui faisaient de si grands ravages
dans le cœur de vos trop sensibles moitiés
mal défendues par l'épaisse égide de vos
comptoirs de chêne ?

Étaient-ce vos notes mal payées, vos cour-
tauds bâtonnés, vos femmes enlevées et
vos mésaventures bafouées et chansonnées ;
étaient-ce donc ces petites misères qui trou-
blaient le cours de vos digestions et vous faisaient si ardemment désirer le jour bienheu-
reux où vous pourriez attaquer en face tous
ces croquemitaines titrés, après toutefois leur
avoir prudemment retiré bâtons et flamber-
ges, dont vous aviez appris à connaître la va-
leur et le poids en leurs mains ?

C'est fort bien fait à vous, mes maîtres de
l'aune et du comptoir ! et je suis, Dieu me
damne ! forcé d'avouer que vous êtes de terribles gens quand vous vous y mettez, et
qu'il n'est pas prudent de se frotter aux
crocs de vos fières moustaches et d'affron-
ter la balle de vos mousquets égalitaires !

Certes, qui l'ose faire n'a pas beau jeu! et vous avez surabondamment prouvé à tous ces pâles muguets de l'ancien régime que vos bonnets à poils et vos longues barbes valaient bien leurs tricornes et leur visage imberbe, et que, n'était votre modestie pudibonde, et aussi quelque léger défaut d'habitude, vous pourriez bien, à l'occasion, vous donner leurs airs conquérants et leurs façons cavalières.

Encore une fois, je vous le répète, vous êtes de terribles gens, et vous savez faire la besogne quand vous voulez bien vous en donner la peine!

Je n'ai qu'à vous louer de votre savoir-faire et à espérer que vous êtes contents de vous-mêmes.

Je suppose que maintenant toutes vos notes sont toujours bien et exactement payées;

Que vos femmes sont toujours sages et ne regardent plus à leurs fenêtres;

Que M. de Voltaire a fait merveille pour l'éducation de vos filles;

En un mot, que l'état actuel des choses ne vous laisse plus rien à désirer, et que, arrivés enfin à l'âge d'or de la bourgeoisie, vous n'avez plus d'autre souci que celui de vous donner du bon temps, et d'aller chaque dimanche à cette antique Comédie-Française, où vous avez bien voulu nous laisser encore des marquis, afin de les montrer à vos fils ébahis, lorsqu'en sortie de quinzaine ils ont quitté les bancs de leur lycée pour parcourir avec vous les instructives allées du Jardin-des-Plantes, et aller le soir applaudir *Georges Dandin* ou le *Malade imaginaire*.

Je vous accorde donc que vous devez être satisfaits, très-satisfaits même ; on le serait à moins.

Il ne me reste plus qu'à vous demander, avec tout le respect qui vous est dû, la liberté grande de vous exposer mes griefs et mes réflexions indignes, et de faire avec vous une petite revue des misères passées et des splendeurs actuelles, du mauvais goût des hommes d'autrefois, et de la délicatesse d'esprit et de manières des hommes d'à présent, de la naïve mesquinerie des modes *rococo*, et des inimitables magnificences des modes d'aujourd'hui, etc., etc. ; et j'espère vous prouver, si bien vous voulez le permettre, qu'à tout prendre, nous n'avons pas déjà tant gagné, vous et moi, et que, n'était le respect sans bornes que je professe pour les œuvres de vos très-sérénissimes Excellences, je me compromettrais au point d'avancer que nous pourrions bien avoir perdu quelque peu......

Mais tout doux; ne nous échauffons pas, et voyons si vous saurez, en m'écoutant, mettre en pratique ce beau et introuvable principe d'entente fraternelle, à l'aide duquel on nous a fait faire si souvent, et bien malgré vous, tant et de si bonnes choses!

Et d'abord, messieurs les bourgeois, êtes-vous bien certains d'avoir agi d'après vos propres inspirations?

N'auriez-vous pas été, par hasard, les dupes et les enfants perdus d'une pépinière effrontée de nouveaux aristocrates qui avaient tous les vices des anciens sans en avoir les qualités et le prestige, et qui vous ont fait assister, l'arme au bras, à la grande débâcle de la vieille société qu'ils vous faisaient détruire pour en édifier une nouvelle pour leur compte, à leur profit et à leur convenance, et, dans ce cas, n'auriez-vous pas, comme on dit vulgairoment, changé votre cheval borgne pour un aveugle ?

Il fait beau voir comment vous l'avez remplacée, cette société immoral cet *rococo*, comme vous l'appelez, vous et vos nouveaux seigneurs et maîtres, messeigneurs de la banque et de l'agio, avec vos trois révolutions qui n'ont servi, selon moi, qu'à modifier la forme de vos chapeaux et la coupe de vos habits, trop françaises et trop élégantes pour des trafiquants et des maltôtiers de votre espèce !

Me ferez-vous l'amitié de me dire en quoi et comment vous avez progressé ?

Croyez-vous bonnement qu'il m'était plus désagréable à moi de me heurter le soir contre le velours parfumé d'un galant aviné sortant cahin caha d'une ruelle du Palais-Royal, que de subir, comme cela arrive assez souvent de nos jours, l'attouchement nauséabond d'un énergumène en délire qui a troqué son habit crasseux contre une blouse plus repoussante encore, et qui exalte l'égalité à raison de trois francs payés d'avance ; après

avoir été prendre le matin, avec sa chopine
de classique vin bleu, le petit écu et l'opinion qu'il doit avoir pendant le jour?

Pensez-vous que nos Chrysales et nos Orgons
dorment aujourd'hui plus calmes et plus
tranquilles, et qu'ils ont beaucoup gagné à
échanger les lazzis et les pierres que les cou-
reurs de nuit lançaient à leurs fenêtres, contre les hurlements sauvages des agréables
mendiants de lampions de l'an de grâce 1848,
et l'aimable réveil que leur procure de temps
à autre le son de la canonnade, l'engageante
invitation du rappel ou la carte de visite de
leur sergent-major?

Dieu veuille que le temps de repos et de
calme dans lequel nous entrons nous fasse
vite oublier toutes ces journées néfastes et
soit pour nous le précurseur d'un nouvel âge
et le point de départ de nouvelles espérances!
Mais je crois, sur ma foi, que j'ai gagné
votre sotte habitude de parler politique, toujours et à tout propos.
J'en fais ici amende honorable et prends la

ferme résolution de n'y plus retomber à l'avenir, car le moindre pompon d'une gentille marquise a plus d'influence sur le faible cœur de votre serviteur que toutes les ligues et révolutions faites ou tentées par les ambitieux et les désœuvrés de tous les siècles !

Je reviens donc à mes chers marquis, que je n'aurais pas dû abandonner un instant pour des vilains de votre sorte ;

Je reviens, contrit et repentant, à leur société coquette, mignonne et galante, tout embaumée des suaves parfums de leurs aristocratiques amours ;

J'y reviens pour ne plus les abandonner jusqu'à la fin de ce coup d'œil rétrospectif que nous allons jeter ensemble sur ces douces fleurs passées et flétries de notre beau lis effeuillé !

Il y a dans toute société trois sortes d'élégances, sources premières et nécessaires d'où découlent tous les agréments qui font le charme et l'occupation de la vie du monde.

L'élégance dans les paroles et dans les pensées, — les conversations, — le style, — vulgairement appelé *bel esprit*;

L'élégance dans les manières, ou l'art de faire valoir ses qualités physiques et morales, tout en ménageant les susceptibilités et les prétentions des autres, vertu rare et précieuse que nous nommons *distinction, savoir-vivre*;

Puis enfin, et bien au-dessous de ses deux sœurs aînées, l'élégance dans les vêtements et ajustements de toutes sortes, qui a pour règle uniforme et variable cet absurde et ridicule thermomètre qu'on appelle la *mode*, qui se transforme et varie à chaque instant de mille manières, sous la haute direction que lui impriment nos tailleurs, couturières, coiffeurs, carrossiers, etc., etc., très-intéressés, comme bien l'on pense, à ne jamais trouver la perfection, afin de lever sans cesse de nouveaux impôts sur la bourse, hélas! trop facile à s'ouvrir, des beaux et des belles du jour, en les tenant sans cesse en haleine par de nouveaux perfectionnements et de nouvelles rectifications.

Je vais tenter de vous faire voir en peu de mots que la société de la première moitié du XVIIIe siècle a possédé au plus haut degré ces trois sortes d'élégances, et que, depuis lors, nous n'avons fait que déchoir de plus en plus, tout en gardant l'apparence de marcher au progrès en toutes choses, et en cherchant, très-sérieusement, du reste, et de la meilleure foi du monde, à remplacer sans cesse le bien par le mieux, et le mieux par le très-bien et le parfait.

Je commence d'abord par vous prévenir que je suis loin d'être un de ces vieux *pères nobles*, grondeurs, boudeurs, radoteurs, ergoteurs et rancuniers, qui ne peuvent pardonner à notre malavisé de XIXe siècle, de leur avoir brutalement, et sans crier gare, enlevé sans pitié leurs fraîches couleurs, leur taille fine et cambrée et leur jambe arrondie; qui se vengent des bals où ils ne peuvent plus danser, en les traitant bien haut de réunions mesquines, froides et fastidieuses; qui pensent tirer une vengeance bien éclatante des femmes qui ne les regardent plus, en les

appelant laides et mijaurées, sans songer qu'il
y a encore de nos jours d'aimables jeunes
gens pour les consoler et pour leur dire le contraire. Ces Richelieux dans la débine, ces antiques Lauzuns défroqués me font trop l'effet
du singe brisant son innocente glace après
s'y être miré, pour qu'il me prenne jamais
fantaisie de les imiter dans leur boudeuse
colère, même lorsque le dispensateur libéral
des rhumatismes et des désillusions m'aura
donné le droit de me plaindre comme eux.

Mais, Dieu merci, nous n'en sommes pas
encore là, et je vous prie de croire, ma belle
lectrice, que je n'ai encore rien à regretter
dans le passé, et que si je n'ai actuellement
ni fraîches couleurs, ni taille cambrée, ni
jambe arrondie, c'est que je n'ai jamais possédé aucun de ces avantages que ma modestie m'empêcherait d'ailleurs de vous avouer
ici, si d'aventure j'étais assez heureux pour
en être doué.

Ceci posé, afin qu'il ne puisse y avoir équi-
voque et malentendu entre nous, je reviens
à mon sujet, que j'ai encore laissé là pour

cette intempestive et malencontreuse digres-
sion, selon ma déplorable et très-maladroite
habitude qui finira, je le crains bien, par
m'attirer quelque terrible froncement de vos
jolis sourcils, et me faire expulser sans pitié
de la place si enviable que j'occupe en ce
moment entre vos charmants petits doigts
roses et effilés.

On a eu tort, à mon sens, de déclamer,
comme on l'a fait si souvent et avec tant d'a-
mertume et de passion, contre les petits vers
musqués et la poésie légère et galante des
boudoirs et des salons du xviii⁰ siècle.

C'était la tendance et l'esprit de l'époque,
et cet esprit-là en valait bien un autre.

Je vous avoue, pour ma part, et dussé-je
encourir l'excommunication d'un grand nombre, je vous avoue que j'aime mieux quelques vers badins et galants adressés à l'an-
gora de M<sup>me</sup> de B*** ou à l'écureuil de M<sup>me</sup> de
C***, que certains ouvrages en dix volumes
qui ont fait de nos jours les délices de certaines gens et la fortune de certains auteurs,
et qui me semblent appelés à produire un

jour les effets surprenants de l'éther et du chloroforme, lorsqu'on sera enfin désabusé de cette littérature élastique renouvelée de la très-estimable feu M^{lle} de Scudéri.

Croyez-vous, bonnes gens, que l'esprit se mesure à l'aune et à la toise, et que, pour être un grand poëte ou un grand romancier, il soit absolument nécessaire de produire un volume ou deux par semaine?

Non, certes, cela n'est pas nécessaire, et si quelqu'un vous l'a dit, ce quelqu'un-là vous a trompé, afin de vous vendre plus cher ses rames de pensées et d'intrigues dont il ne savait que faire et qui encombraient ses magasins littéraires et les greniers poudreux et regorgeants de ses manufactures de génie au rabais !

Le véritable esprit est moins fécond; il est plus modeste et plus avare de lui-même, je dis l'esprit de bon goût, l'esprit naturel et qui ne sent pas la façon, l'esprit véritablement français, plein de malice, de verve et de sel.

Voilà, et je me fais gloire de le répéter,

voilà l'esprit que j'aime, qui me semble seul digne de ce nom, qu'on doit seul rechercher et qu'on a dénigré de nos jours, faute de pouvoir le comprendre et l'imiter. Je donnerais de grand cœur tout un gros volume de jargon humanitaire ou de rapsodies orientales pour une seule fleur détachée de ces frais petits bouquets de pensées et de poésie, encore tout parfumés d'aristocratique délicatesse et de chevaleresque courtoisie! Je vous préviens, au surplus, que je suis en cela l'interprète de tout ce que notre siècle d'airain peut conserver encore d'hommes distingués et de bon goût; c'est toujours une consolation, et, pour n'être pas nombreux, les oiseaux du paradis n'en sont que plus précieux et plus admirés. Aussi l'opinion de pareils hommes, qui ont su conserver en eux le feu sacré et le goût de la bonne et saine littérature au milieu de la désorganisation sociale, de la promiscuité des idées et de l'anarchie des pensées qui règnent de nos jours, l'opinion de pareils hommes vaut à elle seule celle de tout le reste, et l'on doit la respecter comme on respecte la dernière bougie qui éclaire encore la salle du

festin et doit aider les convives attardés à re-
trouver le chemin suivi par ceux de leurs
amis qui se sont retirés avant eux.

On a accusé la poésie légère du xviii° siècle
de futilité et d'afféterie; on a voulu y voir
l'indice et le résultat d'une tendance au culte
du petit et du mignard, qui semble à la vérité être le caractère particulier de cette époque; puis, je ne sais qui s'est avisé de vou-
loir établir une comparaison entre la sublime
et large poésie du grand siècle et la poésie
égrillarde et pomponnée des boudoirs de la
régence.

On y a vu de la décadence.

C'était parbleu être bien clairvoyant, et
cette découverte fait en vérité beaucoup d'honneur à celui ou à ceux qui l'ont faite; entre
nous, je les crois capables de nous apprendre
un beau matin que le cèdre du Liban est
quelque peu plus grand que l'hysope; ces
éternels faiseurs de comparaisons impossibles
sont capables de tout, je vous en avertis!

Mais laissons là ces braves gens et leurs
appréciations saugrenues, et avouez avec

moi, sans passion ni prévention, et surtout
en mettant de côté toute comparaison entre des
choses complétement dissemblables, avouez,
dis-je, que le genre d'esprit de l'époque
qui nous occupe renferme en lui un charme
particulier, *sui generis*, comme dirait un pé-
dant, un charme inconnu et qu'on ne peut
trouver ailleurs, qui séduit et entraîne, quoi
qu'on en ait, et qui fait deviner quelle influence il devait exercer sur la jeunesse d'a-
lors, dont il devait épurer les sentiments et
le goût, en lui rendant aimable la fréquentation du monde, en le forçant, si j'ose m'ex-
primer ainsi, à rimer ses amours et à considérer les choses les plus prosaïques et les
plus matérielles de leur côté poétique, et
sous leur point de vue aimable et illusion-
nant.

Quoi de plus charmant que ces réunions
d'hommes et de femmes d'esprit, où l'on savait tout dire sans blesser l'oreille la plus
puritaine, où l'amour empruntait, pour séduire, les fictions et le langage de cette en-
chanteresse mythologie, qui a voilé pour nous

les attraits naïfs et touchants de son éternelle
jeunesse, et nous apparaît triste, vieille et
ridée, pareille à ces fées infortunées condam-
nées par l'impitoyable destin à porter pour
un temps, aux yeux du profane, le masque
abhorré de la vieillesse et de la laideur, et
qui ne doivent reprendre l'éclat de leur beauté
première, qu'aux yeux du croyant qui aura
foi en elles?

Ne les voyez-vous pas comme moi, toutes
ces blondes et timides Hébés, les joues encore
rosées et frémissantes des émotions insépa-
rables du menuet, assises en rond au milieu
d'un petit salon coquet et parfumé, tout plein
de laques, de dorures et de chinoiseries, écoutant, d'un air de provocante malice, les derniers vers d'un sonnet galant, et cherchant
un refuge contre les flèches acérées de l'astu-
cieux fils de Vénus, derrière un de ces légers
éventails dont Boucher a su faire des toiles
d'une originalité sans prix, avec ses bergers
parés et poudrés comme des princes du sang,
roucoulant d'amoureux refrains à des ber-
gères en corset de satin, au milieu de bos-

quets toujours fleuris, sous un ciel sans nuage et couleur de rose!

Pensez-vous, dites-moi, que de pareilles réunions ne valaient pas les nôtres? Êtes-vous assez barbares, assez vandales, assez peu Français pour préférer vos interminables discussions sur le Nord ou sur le Strasbourg, sur le 3 pour 100 ou le 4 et demi, sur la hausse ou la baisse de la Bourse ou des gouvernements, à une de ces fraîches dissertations sur le mérite et le talent poétique d'un jeune auteur, à l'appréciation d'un mot spirituel ou piquant d'une jeune et jolie femme, aux louanges données à la distinction et à la bonne grâce d'un couple étourdi de joyeux danseurs?

Et puis, en admettant encore que toutes ces futilités vous touchent peu, vous autres hommes sérieux et sans cesse occupés, qui croyez de bon goût de porter jusque dans vos salons vos préoccupations de boursiers et votre argot d'hommes d'affaires; en admettant, dis-je, que les choses de l'esprit et du cœur ne vous touchent que médiocrement, vous qui mettez une pièce d'or à la place de ce cœur qui vous manque, qui remplacez l'esprit par une addition, et la politesse par un billet de banque, pensez-vous que vos femmes trouvent un bien grand plaisir à toutes ces interminables conversations, si pleines de charme pour vous, qui ne connaissez d'autre bonheur que celui de parler argent, d'autre espérance que celle de s'enrichir?

Seriez-vous par hasard de l'avis de ce jovial Sganarelle, qui nous dit naïvement qu'il entend « que tout le monde soit saoul chez lui, « quand il a bien bu et bien mangé? » Et prétendez-vous aussi que vos femmes doivent s'amuser et se plaire à ces aimables et galantes choses qui font votre plaisir et votre délassement?

Encore, si vous vous contentiez de parler théâtre ou courses de chevaux, quelques-unes, les *lionnes*, comme vous les appelez, pourraient peut-être vous comprendre et partager votre enthousiasme. Mais, non; et lorsque vous le faites, elles n'en sont guère plus avancées. Le théâtre, pour vous, n'est pas sur

la scène, il est tout entier dans les petites intrigues décolletées de la rampe et de la cou-
lisse, auprès du jupon court de M<sup>lle</sup> Olympe
ou de M<sup>lle</sup> Delphine, de M<sup>lle</sup> Amanda ou de
M<sup>lle</sup> Albertine ; aussi ne dites-vous mot de la
pièce nouvelle, que vous n'avez point écou-
tée, afin de parler longuement des débuts de
M<sup>lle</sup> ***, ou de telle autre, et encore les réflexions que vous jugez à propos de faire sur
ce sujet sont tellement sérieuses et impor-
tantes, à ce qu'il paraît, que vous êtes con-
traints de les faire à voix basse, ce dont on
aurait tort de vous blâmer, après tout !

Parlez-vous courses ou équipages, vous en-
trez si avant dans l'art d'élever, de traiter ou
de guider les chevaux, que votre conversa-
tion devient complétement inabordable et
inintelligible pour tout autre qu'un maqui-
gnon, un Anglais ou un palefrenier.

Et vos femmes, s'il vous plaît, qu'en faites-
vous, et que deviennent-elles ?

Elles parlent chiffons, modistes, romans et
couturières, ce dont vous ne manquez pas de
leur faire un gros reproche, en les taxant tout

haut de futilité, et en les traitant tout bas et dans votre for intérieur de petites sottes et de désœuvrées, en quoi vous pouvez bien avoir raison.

Mais à qui la faute, je vous prie? Je m'abstiens de prononcer et vous en fais juges.

La société du temps de Louis XV, suivant l'exemple et les brisées du siècle précédent, fit de la femme la cause et le but de toute réunion de plaisir; elle l'entoura de tous ses soins et de toutes ses attentions; elle eut pour elle une espèce de culte et d'adoration sans bornes, qui lui donna je ne sais quel parfum féminin qui rejaillit sur ses mœurs et sur son esprit, et lui imprima ce caractère de douce suavité et de galanterie badine, si bien en rapport avec les mœurs et l'esprit français, et qu'on goûtera toujours en France, chaque fois que cette belle patrie des preux et des troubadours voudra bien ne pas avoir honte d'être elle-même et ne rien emprunter à des voisins vaniteux qui font fi d'elle et l'envient au fond du cœur, parce qu'ils savent bien ne pas la valoir.

Je disais que la femme était l'idole adorée du monde d'alors, et j'ajouterai que c'était justice.

La femme doit être reine partout où l'homme veut trouver délassement et plaisir. C'est à cet être fragile et charmant que la Providence a confié la tâche de nous égayer et de nous distraire, en nous rendant meilleurs et plus sensibles. Là où il n'y a pas de femmes, là où la femme est secondaire ou négligée, il n'y a pas pour l'homme de plaisir véritable, pas de ce charme inconnu qui fait aimer et désirer le monde. Une société où la femme n'est pas souveraine est pour moi une chose monstrueuse et impossible qui doit être morne et triste comme un bouquet fané ou une prairie sans fleurs, et je donne raison à certains jeunes gens de nos jours, qui préfèrent les joies enfumées de l'estaminet, aux délices d'un bal où le plaisir suprême consiste à parler politique en faisant un whist, ou à exalter les produits de la Vieille-Montagne, entre un grog et un bol de punch, pendant que de blanches jeunes filles toutes fleuries et parées bâillent et s'endorment dans leurs solitaires fauteuils!

Ceux-là au moins sont plus francs, ils abordent résolûment et sans le renier, le goût britannique et sans façon de leur époque. Ils prennent le punch là où l'on doit le prendre, et peuvent fumer en repos et comme bon leur semble, sans avoir besoin de s'esquiver d'un salon après chaque partie gagnée ou perdue, afin de rapporter à leur retour cette aristo-cratique odeur de corps-de-garde qui, à défaut de cavaliers, va prouver aux dames aban-données qu'il se trouve des gentlemen non loin d'elles, si d'aventure elles l'ont oublié!

. . . . . . . . . . . . . . . . .

. . . . . . . . . . . . . . . . .

Telle était cette vieille société, tel était ce vieux monde qu'on nous a fait à plaisir si pervers et si ridicule; tel est le monde mo-derne, si poli et si éclairé.

Pour un cœur honnête et vraiment fran-çais, le choix entre les deux ne sera, je le pense, ni douteux ni bien difficile.

Et puis encore, parlerai-je des modes d'alors et de celles d'aujourd'hui, comme je m'y suis assez étourdiment engagé?

Mais, que dirai-je qui n'ait été dit et redit cent fois?

Dirai-je que nos femmes sont laides et disgracieuses avec leurs chapeaux d'origine exotique et leurs tartans anglais aux larges bigarrures?

Dirai-je que je suis jaloux des larges talmas qui me les cachent, et que je maudis la bottine qui me fait voir toutes les jambes parfaites, et a fini par me rendre soupçonneux et sceptique? Serai-je le premier à vous apprendre qu'en prenant aux Anglais leurs chapeaux tuyaux, il fallait leur prendre aussi leurs larges cerveaux et leurs têtes prudentes et réfléchies?

Vous dirai-je que nous ressemblons à des croque-morts conduisant le deuil de la grâce et de l'élégance, avec nos noirs habits étriqués, et nos pantalons ultra-collants?

Mais vous l'avez dit mille fois vous-mêmes, et vous êtes parfaitement de mon avis.

Que pourrai-je donc encore vous dire?

Je vous dirai ceci, que je vous engage fort à méditer mûrement et sérieusement :

Il y a du bon dans le *moderne*, mais il y en a aussi dans le *rococo*, et une société sensée et bien avisée, qui prendrait son bien là où elle le trouverait, sans faire la prude et la difficile, serait bien près de la perfection en s'appropriant la fleur de l'un et de l'autre, sans scrupule ni orgueil déplacé, et surtout sans chercher à se montrer plus forte et plus sage que ses aînées et ses devancières!

**Ainsi soit-il!**

PARIS. — TYP. SIMON RAÇON ET COMP., RUE D'ERFURTH, 1.

www.ingramcontent.com/pod-product-compliance
Ingram Content Group UK Ltd.
Pitfield, Milton Keynes, MK11 3LW, UK
UKHW020920120726
13693UKWH00003B/1083